EPISTRE
CHAGRINE.

Osteau que i'estime & que i'ayme
Pour le moins autant que moy même,
Amy loyal & genereux,
Gallant, liberal, amoureux,
Faisant tousiours quelque maistresse,
Qui n'estant point Ourse ou Tygresse
Ayme mieux guerir des blessez,
Que d'en faire des trespassez;
Depuis que ie suis venu boire
Des eaux du beau fleuue de Loire,
Et que de crainte d'vn blocus,
Et de la dizette d'escus,
Qui cause toute autre dizette,
I'ay quitté Paris sans trompette,
Le mal de ton éloignement
M'a rendu chagrin diablement;
Mon humeur iadis enioüée,
De tous, & par tout tant loüée,

EPISTRE

N'est plus qu'vne mauuaise humeur,
Et ie ne suis plus ce Rimeur,
De quï la gaillarde muzette
De cent Rimailleurs contrefaitte,
A paru mesme auec esclat
A Messieurs du goust delicat :
Aussi n'est-ce pas chose estrange,
Qu'icy bas toute chose change,
Et que mon malheur seulement
N'est point sujet au changement ;
Quand cela me monte à la teste,
Ie m'en fasche comme vne beste,
Comme si la Fortune aussi
N'en traittoit pas d'autres ainsi.
Dans le maudit siecle où nous sommes
Le plus honneste homme des hommes,
S'il n'est Gabeleur ou Soudart,
Le meilleur desquels est pendart,
Fut-il sçauant & dauantage,
Que Nublé, Gaumin ou Menage,
Ou tels autres grands sçauants
Si la renuerseuse d'Estats,
Dont le choix est souuent blasmable,
Ne leur veut estre fauorable ;
Et leur sçauoir & leur vertu
Leur seruiront moins qu'vn festu :

CHAGRIN.

Auiourd'huy l'aueugle Fortune
Est pour qui boit, pour qui petune,
Pour le ioüeur, pipeur fut-il,
Pour le poisson du mois d'Auril,
Maquereau qu'on nomme en vulgaire,
Pour le traistre, pour le faussaire,
Bref pour tout homme viuant mal,
Et pour tout nuisible animal;
Les pauures Courtisans des Muses
Sont auiourd'huy traittez de Buzes,
Qu'autrefois defunct Richelieu,
Qu'ils ont traitté de demy-Dieu,
Traittoit de la façon qu'Auguste,
Prince aussi genereux que iuste,
A traitté les hommes sçauans,
Dont les vers sont encor viuans
Et viuront malgré l'ignorance;
Mal qui regne ailleurs comme en France,
Où maint gros oyseau de saint Luc,
Plustost que de saint Iean est Duc,
Tant le destin qui tout gouuerne,
Qui porte l'vn, & l'autre berne,
Agit sur tout iniustement
Faute de bon discernement.
Les beaux Vers & la belle Prose
Valent auiourd'huy peu de chose;

ë ij

EPISTRE

Se voir en Autheur érigé,
Est vn sinistre preiugé
Pour la fortune d'vn pauure homme;
Par ma foy si i'auois fait comme
A fait Morel ou la Blondeau,
Que sçait-on? de Poëtereau,
Ie serois Marquis à la mode;
Le tallent de bien faire vne Ode,
Vn Romant Comique, vn Iaphet,
Ne grossit pas vn petit fait;
Peu de gens sçachans bien escrire
Ont abondamment dequoy frire.
Les Des-Portes, & Bois-Robers,
Fissent-ils aussi bien des Vers
Qu'en fit l'infortuné Malherbe,
Auiourd'huy n'auroient que de l'herbe,
Eux qui dans vn Siecle meilleur,
Du sot mestier de Rimailleur,
Ont eu toute la recompense:
Ha! i'en enrage quand i'y pense,
Peu de Richelieux auiourd'huy,
Sauf SEGVIER, qui fait comme luy,
Font reuiure defunt Mecene;
Rien n'est plus pauure que la Scene
Qu'on vit opulente autrefois,
Quoy que le plaisir de nos Rois.

CHAGRINÉ.

Il n'est Saltin-banque en la Place
Qui mieux ses affaires ne fasse
Que le meilleur Comedien
Soit François, soit Italien.
De Corneille les Comedies,
Si magnifiques, si hardies
De iour en iour baissent de prix ;
Nous voyons tous nos beaux Esprits,
Mal en argent, & mal en laine :
L'Autheur du fameux Artamene
A perdu son Gouuernement,
Sans sçauoir pourquoy ny comment ;
Et son Romant que l'on admire,
Peut-estre ne sert qu'à luy nuire ;
Ie ne vois pas le vent tourné
A l'en voir vn iour guerdonné.
Nostre Amy Tristan Gentilhomme
Autant qu'vn Dictateur de Rome,
Qui fait des Vers si noblement,
Et dont le tour est si charmant,
Attend encor que la Fortune
Contre luy n'ait plus de rancune.
I'en pourrois cent autres nommer
Dont l'Esprit se fait estimer.
Par ces trois de rare merite
Dont la recompense est petite,

EPISTRE

On peut facilement iuger
Que les autres sont en danger,
Si l'Astre malin long-temps dure,
D'endurer la pauureté dure,
Laquelle iointe aux cheueux gris,
Est la peste des beaux Esprits;
Par exemple, sans la Suede
Saint Amant estoit sans remede
Comme son Poëte crotté
Qu'il a si plaisamment chanté.
Qu'vn fat apprenne à bien escrire,
Et que ce fat sçache vn peu lire;
Pour peu que le bonheur luy rit
Vous voyez ce fat en credit;
Qui passe pour grand personnage,
Et n'est qu'vn fat pour tout potage.
Vn homme parfait en tout sens
Garny de vertu, de bon sens,
D'esprit, de cœur, de politesse,
De beauté, de santé, d'adresse,
Et de cét air rare & galant
Qui finit vn homme excellent,
S'il arriue qu'il estudie,
S'il fait Poëme ou Comedie,
Vn campagnart, vn courtisan,
Vn franc Bourgeois, vn Partisan,

CHAGRINE

Enfin quelque teſte mal faite,
Dira d'abord, c'eſt vn Poëte,
Et penſera dire vn beau mot,
La malle peſte ſoit du ſot :
Tout cela me rend miſantrope,
Et ma Chagrine Calioppe,
Ne ſçauroit voir vn campagnart,
Qu'elle ne diſe à tout hazart,
C'eſt vn fat, & la temeraire,
Qui peut-eſtre auroit pû mieux faire
Ne ſe trompe que rarement
Dans ſon trop hardy iugement.
Elle trouue auſſi dans la ville
Matiere d'échauffer ſa bille,
Tant le nombre des ſots eſt grand,
La ſottiſe regne, & ſe prend
Dans Paris, & dans la Cour meſme,
Où le plus parfait qui trop s'aime,
S'il n'y prend garde en s'aymant trop,
Court à la ſottiſe au galop :
Ouy, la campagne n'eſt pas ſeule
Où les diſeurs de mots de gueule,
Les eternels complimenteurs,
Les incorrigibles menteurs,
Les conteſteurs à toute outrance,
Par ſottiſe ou par ignorance,

Font enrager les gens de bien;
Personne ne se connoist bien,
Tel contre qui tousiours l'on peste,
Croit que chacun l'ayme de reste,
Et nul ne voudroit sans retour
Troquer l'objet de son amour,
Ne vous déplaise c'est luy mesme,
Contre Socrate que tant i'ayme,
Contre ton amy feu Cesar
Comme toy tant soit peu paillar;
Nous ne nous faisons point iustice,
Et la filastie est vn vice
Dont le plus sage est entaché,
Fut-il sans tout autre peché,
C'est cet amour propre peut-estre,
Qui fait que sans bien reconnestre
Si ie fais mal, si ie fais bien
Ie ne prens plus plaisir à rien,
Ie vieillis, & lors que i'y songe,
Et qu'en ce penser ie me plonge,
Mes maux & passez & presens
Augmentent le froid de mes ans:
Tout m'importune & tout me fasche,
Le plaisir qu'on a quand on masche,
Le seul que mes maux m'ont laissé,
Ne m'est plus qu'vn plaisir passé.

Et

CHAGRINE.

Et tant mon chagrin est extréme,
S'il est quelque chose que i'ayme ;
Songeant qu'il le faudra quitter
Il ne sert qu'à m'inquieter.
Pour comble de mon infortune
Moy mesme que tout importune
Ie commence à m'importuner ;
On me le peut bien pardonner,
Ie suis dans le siecle où nous sommes
Le plus infortuné des hommes ;
Et d'autant plus iufortuné
Que ie ne paroissois pas né
Le plus impertinent du monde ;
Mais le Ciel sur qui luy plaist Fronde
Puis qu'il veut me traitter ainsi
Soit fait ie le veux bien aussi :
Mais i'oubliois bien de te dire
Que quiconque m'aime s'attire,
Quelque infortune tost ou tard,
Toy qui prends en moy quelque part,
Songe combien on s'y hazarde,
Au nom de Dieu prens y bien garde :
M'aymer est vn coup bien hardi,
Laisse moy l'à ie te le di ;
Pour descharger ma conscience :
I'ay fait vne autre experience

EPISTRE

Si ie veux quelqu'vn obliger
Ce quelqu'vn me fait enrager;
L'honneste homme cesse de l'estre,
Et se découure ingrat ou traistre
Lors que par vn zele indiscret
Je luy fais part de mon secret;
Ou que sans mes seuretez prendre
Je luy preste ce qu'il doit rendre.
Tu sçais si ie dis verité,
Toy qui de tout temps as esté
Le fidelle depositaire
De ma moindre petite affaire;
Tu sçais comme on m'a guerdonné,
Quand en sot i'ay mon bien donné,
Contre moy tout en mal se change
Si ie traittois auec vn Ange,
Cét Ange deuiendroit Demon
Changeant de nature & de nom.
Il faut porter dans l'Amerique
Vn chagrin si melancolique,
Et voir si sous vn autre Ciel
Son absinte deuiendra miel.
Là nulle fluxion ny goutte;
Là nul froid que tant ie redoute
Là nuit seulement vn vent frais
Y semble estre fait tout exprés;

CHAGRINE

Contre le chaud de la iournée,
Là le Printemps toute l'année
Y conserue sa gayeté,
L'Autonne sa maturité,
Et l'Esté sans brusler les herbes
Chaque mois y donne des gerbes,
Et tous trois des fruits rauissans,
A la fois meurs, nez, & naissans:
Vn si beau sujet, ce me semble,
Vaut bien que ie quitte mon amble,
Et qu'au peril de faire vn saut,
Nostre Pegaze aille par haut;
Je vay donc donner du haut stille
Comme feroit icy Virgille,
Et monté sur mes grands Cheuaux.
Les pousser par monts & par vaux.
L'Adorable flambeau du monde,
Sortant du vaste sein de l'Onde
Y paroist aux yeux esbahis,
Non tel que dans nos froids Pays,
Des obliques traits qu'il nous darde,
Esblouïssant qui le regarde,
Et dissipant sur l'Orison
Quelque legere exhalaison;
Non tel quand du riuage Maure,
Montant au Ciel apres l'Aurore

EPISTRE

A peine par luy sont percez
Les broüillards sur l'Onde amassez:
Mais auec la magnificence
D'vn Astre de cette importance,
Et dans vn suberbe appareil
Il se fait voir dés son réueil,
Auec vn excés de lumiere
Que ne soustient point la paupierre.
De son visage spacieux
Courant tout vn costé des Cieux,
Allumant les plaines humides
De mille & mille feux liquides,
Et d'autant de Rayons dorez
La voûte des Cieux azurez:
Tant de merueilles assemblées
Ne sont point ailleurs estalées,
Que dans ces climats fortunez
Qui sont des Tropiques bornez.
Là nostre cher Sardanapale
Ne viendra, ni toy, ni ta male
Toy qui crois que loing de Paris
On est autant que mort ou pris,
Et que sans Cloris ou Siluie
On ne peut bien passer sa vie,
Paris sans doute a des attraits;
Mais ses plaisirs sont de grands frrais,

CHAGRINE

Nos Indiennes & nos Negres,
Autant que des Basques alegres,
Vallent bien en leur nudité,
Tes Dames en leur propreté;
Leur teint poli d'Ebene noire
Vaut bien vn teint blanc comme Iuoire,
Qui de blanc fade frelaté
Deuant qu'estre vieil est gasté:
Le repos si ie ne me trompe,
Vaut bien ton Paris & sa Pompe,
C'est le plus riche des Tresors,
Que l'Amerique a sur ses bords,
Le contes-tu pour peu de chose?
Cela seul, peut bien estre cause
Que bien tost nostre Cap de Nort
Des malheureux sera le port.
Comme malheureux ie m'y coule
Loing du tumulte & de la foule,
Si ie m'y voyois auec toy
Je serois plus heureux qu'vn Roy.

F I N